音乐绘本亲子读

奇妙的打击乐

[奥] 马尔科 · 西姆萨　著
[德] 克里斯蒂娜 · 洛奈斯库　绘
徐莉丽　译

SMPH 上海音乐出版社 WWW.SMPH.CN
SLAV 上海文艺音像电子出版社 WWW.SLAV.CN
ANNETTE BETZ

马克斯正在练习敲军鼓。今天他有一个特殊的任务：他要模仿火车头的声音。

嗯……这可不是一件容易的事儿。

自从记事以来，学习架子鼓一直都是马克斯的梦想。但是渐渐地他明白了，敲架子鼓并不像看起来那么容易。因为每只手、每只脚在同一时间都需要各就其位、各司其职，不能顾此失彼。

而且还必须击打出正确的节奏！

有时候，马克斯只练习打军鼓。有时候，他会练习打一整套架子鼓。每一次练习带给马克斯的乐趣都不尽相同。但是马克斯也明白，如果不勤加练习，很快就会丧失对架子鼓的兴趣。

今天，马克斯得好好练习了。因为不久，他将在音乐学校年末的音乐会上登台演出。更准确地说，这是他们音乐学校所有打击乐学生的专场音乐会。这肯定是一大乐事！因为打击乐老师汤姆是一个有趣的人，总是能想出许多很棒的主意。

“全世界有着不同的鼓和不同的击鼓方法，”汤姆老师说，“所以我要邀请观众朋友们跟着我们的击鼓节奏来一场环球之旅！”

“包括非洲吗？”马克斯问道。

“当然！’汤姆老师回答，“非洲有许多鼓和其他的节奏乐器！此外，我们还要去北美洲，南美洲，以及……”汤姆停顿了一下，故作神秘，接着说，“我们还要绕道去一趟厨房！”

马克斯听得目瞪口呆，鼓手去厨房干什么呢？！

汤姆老师向马克斯解释一番后，马克斯兴奋不已，跃跃欲试。

汤姆还提出了其他的演出意见，每一个都让马克斯啧啧称赞。这将是一场绝妙的音乐会……现在马克斯正坐在一个军鼓前，练习火车头的节奏。“因为，”马克斯敲着鼓，自言自语，“谁知道呢，说不定我们要乘着火车去完成我们的环球之旅！”

打击乐器的家族非常庞大，有许多成员。三角铁、镲、定音鼓、大鼓、木琴，还有许多其他的打击乐器。在音乐学校，马克斯一开始除了练习击鼓，还会练习其他的乐器。比如，他会击打三角铁，当人们将三角铁握在手里的时候，敲击的声音一点都不好听。只有将三角铁悬挂起来，用金属棒敲击，才会发出悦耳清亮的声音。

马克斯也可以演奏镲，这是由两片金属片组成的乐器，还要配合手套圈。这件乐器很重，因此，学生通常会演奏一种更小的镲，这更适合他们。马克斯觉得击打大鼓是最有趣的。

以后音乐学校的管弦乐队举办音乐会时，马克斯可以和其他演奏者一同击鼓演奏。

但马克斯应该不会演奏定音鼓。因为定音鼓必须精确地控制音高。一场音乐会中，定音鼓有时还会变调。马克斯觉得这非常有趣，但也非常难。

马克斯最喜欢练习架子鼓了！他早就知道架子鼓每个部分的名称！比如，小的鼓叫做“军鼓”。

军鼓的鼓身一般是由金属或者木头制作而成。上面和下面绷着鼓皮。如今，鼓皮是用人造皮革制成，以前是用动物皮革制作，这也是“鼓皮”这个名字的由来。

军鼓底面绷着的那个部件是响弦，由很细的螺旋钢丝制成。马克斯击打上鼓皮时，下鼓皮的响弦也跟着“撕啦撕啦”作响，这也是军鼓（snare）名字的由来。

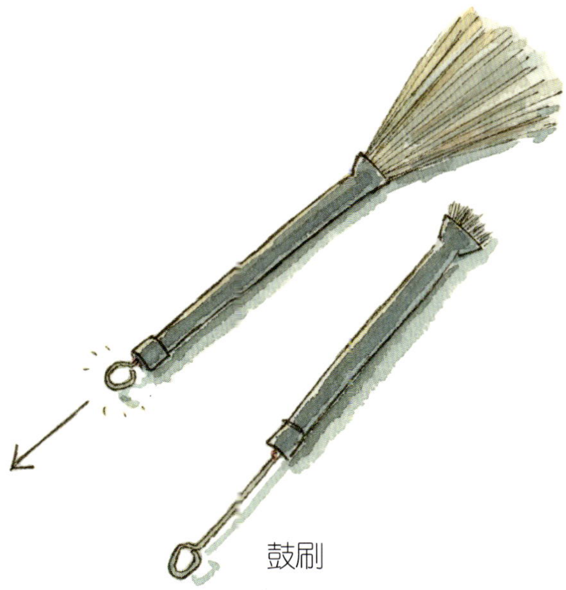

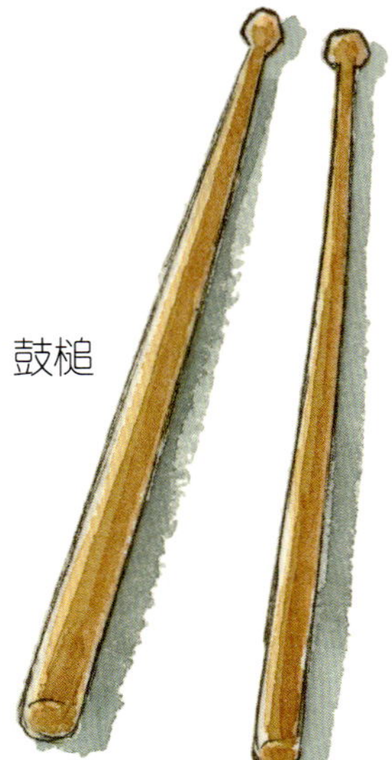

马克斯可以用响弦固定旋扭把响弦调松，这样军鼓的声音也会变得松弛许多。

马克斯是用木制的鼓槌敲击鼓皮的。之后他也学习了用鼓刷击鼓，那样，击打出来的声音会更加柔和清脆。

3+4

军鼓也常出现在管弦乐队中，作为独立乐器演奏。但在架子鼓中，它只是套鼓的一部分。

在军鼓周围，比它大一些的鼓叫做嗵鼓。

它们也是用鼓棒演奏的。当然，当马克斯的乐器老师汤姆向他讲解这些嗵鼓的时候，马克斯忍不住笑了！* 小尺寸的嗵鼓声音比较高，大尺寸的嗵鼓声音比较低沉。

* 在德文里，汤姆（tom）和嗵鼓（tom）的拼写是同一个词。——编辑注。

架子鼓中最低的音来自大鼓，需要用脚踩踏板演奏。

但是这样还远远不够：

在嗵鼓的上方还悬着镲，这些金属片形状奇特，样式不同，大小各异，发出的声音也各不相同。

此外，还有踩镲，它由一对镲片组成，通过踩踏板让上下方的镲片相互叩击发出声音。因为大鼓已经占用了一只脚，演奏踩镲时马克斯必须用另外一只脚去踩踏板，有时还会用鼓棒去击打镲片！当马克斯演奏的时候，必须充分调动双手双脚！

在家里演奏时，马克斯必须给家里装上隔音装置，以免架子鼓的声音太响，影响隔壁邻居。但是在音乐学校，马克斯就可以抛开这些顾虑，尽情演奏了。当他和朋友米查一起演奏时，也可以不用顾虑声音的大小，因为米查住在一幢独栋房子里。架子鼓放在地下室，即便他们使劲敲击，也不会影响其他人。

但是一开始的时候，汤姆老师就告诉他们俩，一个优秀的鼓手也可以轻轻地演奏！

马克斯从一开始也学到了许多重要的知识：听力是非常宝贵的，对于音乐家来说，尤其如此！所以，当马克斯演奏得很响时，他几乎每次都会塞上专门为鼓手设计的耳塞！

5

马克斯还会演奏木琴。木琴由长短各异、粗细不一的木块组成，用两根鼓棒或者琴槌敲击演奏。木块越长、越细，声音就越低；木块越短、越粗，声音就越高。木块像钢琴的琴键一样排列在一起，靠近演奏者的前排木块对应着钢琴的白键，稍远一排的木块对应着钢琴的黑键。

所以要演奏木琴，马克斯还必须学习读谱。他打架子鼓时，已经认识了少量的音符，但架子鼓主要是把节奏打正确。

钟琴

不过，像木琴这样的打击乐器和架子鼓不同，它敲出的每个音都有固定音高。像吉他、小提琴、钢琴这些乐器可以奏出的音符，木琴上也都可以演奏出来。

马克斯对汤姆说：“这个并不简单！”他努力想敲出正确的音。

汤姆承认：“你说的有道理。你可以在木琴上演奏旋律！”

马克斯后来又尝试了马林巴，这是木琴家族的大哥。之后，他还尝试了钟琴，还有颤音琴！颤音琴是由金属块组成，金属块下安装着共鸣管，用来加强音效。在这些管子中，装置有电机，可以控制共鸣管的开合，以制造出颤动的效果。颤音琴用四根音槌演奏，每只手两根。马克斯觉得这非常激动人心，迫切地期待上第一节颤音琴课。

颤音琴

马克斯在音乐学校还尝试了其他国家的鼓，比如非洲手鼓。这种鼓来自非洲，鼓身由中空的树干制成。鼓面上绷着山羊皮。马克斯已经练习过好几次非洲手鼓了。因此，他会在即将到来的音乐会上，当击鼓旅行到达非洲时，跟着高年级的学生一起演奏非洲鼓。

此外，马克斯还学习了说话鼓，还认识了非洲木琴巴拉风，加勒比地区的钢鼓，巴西的库加鼓，印度的塔布拉鼓和亚洲的铜锣，还有土耳其和阿拉伯地区的达布拉手鼓，在许多国家以各种形式演奏的框鼓，还有看起来与锣类似的达姆达姆鼓，还有来自瑞士的一种新型乐器手碟……

马克斯看得眼花缭乱。“哇，世界上竟然有这么多不同的鼓！”“对的。”汤姆老师表示赞同，“我觉得，世上的鼓数不胜数。而且，即使有些东西看着并不像鼓，我们也可以击打演奏。”

汤姆老师说的这些，马克斯早就在脑海中想过很多遍了。在他得到人生中第一个鼓之前，他就在锅碗瓢盆上，在盒子上，在大箱子上，在凳子上，在窗沿上击打……

他用的鼓槌也是各式各样的：有时候是饭勺，有时候是刀叉，有时候是木棍，有时候是碗，但更多的时候，他用自己的双手。

他用双手快速击打节奏，还在脸颊上，肚子上，大腿上，甚至还在自己的屁股上拍打节奏……

今天是激动人心的一天，新年音乐会的排练就在这一天进行。马克斯和米查一起演奏的乐曲也进行得非常顺利！马克斯还见到了其他演出的团体，听了他们演奏的音乐：

早教班那些年纪更小的孩子们击打架子鼓，然后那些年纪稍大些的孩子将演奏来自南美的萨尔萨舞曲，音乐老师和一些学生会一起演奏爵士乐，马克斯和米查则跟随其他年长的学生一起击打非洲鼓。他们演奏得很开心，同时还不由地生出一些自豪之情……

现在马克斯躺在床上，回想着下午的场景。他非常期待明天，因为明天音乐会就会在家长、亲戚朋友和各位熟人面前如期举行了。马克斯终于沉沉睡去，在梦里许多想法还在不断涌现……

“女士们、先生们，亲爱的打击乐爱好者们”

汤姆摇身一变，成了火车司机，他朝人群大喊：“欢迎来到孩子们的打击乐大型音乐会特快专列！请你们走近一些，登上列车！我们将为你演奏各种各样的音乐！请和我们一同来到节奏的王国，在五彩缤纷的音乐世界里开启一场冒险之旅！请尽情欣赏！”

（歌词）明白啦，现在我们出发吧！亲爱的人们快快上车，正值出发的时刻。我们先去非洲，再前往美洲和别处，我们环游世界，击打乐器，满心欢喜。

明白啦，我们马不停蹄地向前，窗外的风景一掠而过。我们驶向东方，驶向南方，一刻不停。我们马不停蹄，去往世界各地，击打节拍，满心热爱。

8+9

哇啊!

汤姆突然像一头狮子一样吼了一声："我们已经到了！""哇哦！"米查也忍不住大叫起来，"欢迎来到非洲！"

马克斯和其他学生已经将非洲鼓悬挂起来，并且准备好了其他乐器。他们开始击打节奏，还唱起了歌：

瞧，动物们玩得真开心，它们要求并不多。每只动物都在玩音乐，随时随地在演奏。如果马克斯允许，聪明的狮子会马上拿起他的非洲鼓；

瞧，动物们玩得真开心，它们要求并不多。每只动物都在玩音乐，随时随地在演奏。如果米查允许，机智的猿猴会马上拿起他的摇摇鼓；

瞧，动物们玩得真开心，它们要求并不多。每只动物都在玩音乐，随时随地在演奏。如果汤姆允许，机敏的斑马会马上拿起他的康加鼓；

瞧，动物们演奏得真好！

10+11

亲爱的乘客们，祝您旅途愉快，城市**最酷的爵士乐队**邀请您前往美洲爵士俱乐部。俱乐部的这位爵士乐打击乐手小有名望，通常他都会演奏到深夜。他常与弹奏钢琴、吹奏萨克斯管和演奏低音提琴的同事们合奏！他们约在俱乐部见面，演奏老歌和新歌，或者即兴演奏，也就是说，他们会当场创作当场演绎。

一起演奏，而且还想让观众们满意，可不是一件容易的事……

现在请大家品尝美酒，静静聆听……

这原本是一首儿歌，现在经过爵士的方式演绎，原来的曲调几乎难以辨认……

12+13

“好饿啊！”

厨房里“好饿”“好渴”的声音此起彼伏。这并不奇怪，经历了非洲和美洲的大冒险后，孩子们又饿又渴。很快，厨房的音乐声响了起来：案板上的刀叉啪嗒作响，锅里的勺子乒乒乓乓，碗里的搅拌声，案板上的切菜声，声声入耳，就像鼓乐一般。

对，主厨们在创作他们自己的音乐！

谁能不闻香而来呢？

伴着主厨烹饪的音乐节奏，孩子们开始应声唱和，讲述自己的饥肠辘辘，口渴难耐。

现在，亲爱的朋友们，请听！

欢迎来到萨尔萨派对！

休整好了吗？亲爱的乘客们，现在我们要前往加勒比地区了。在那儿的萨尔萨晚会上，人们会和着热烈音乐的节拍载歌载舞！你们会听到各种打击乐器的演奏，首先是康加鼓，两个一对的酒桶型状的鼓，它源自非洲，后来飘洋过海，在加勒比地区落地生根。还有来自古巴的天巴鼓！天巴鼓由两个组成，只有上面这侧绷着鼓皮，需要用细细的鼓棒击打。它们被固定在一个鼓架上，上面还常常悬挂着牛铃和其他的小型乐器。不要忘了，还有邦戈鼓！等音乐结束后我们再进行讲解，现在让我们来到舞池中央，晃动双腿，尽情舞蹈吧，听着如此动感的音乐，谁还能按捺得住呢？！

16+17

康加鼓
天巴鼓和牛铃
邦戈鼓

女士们，先生们，现在我们将迎来旅途中的高光时刻，请大家把掌声送给：

打击乐王者
马克斯和米查

如果我是世界之王，每个人都可以做自己喜欢的事，唱歌、跳舞、击鼓，一会儿轻声微笑，一会儿放声大笑，直到所有人都相信，我是打击乐王者！

打击乐器的史册将因我而增色。敲击踩镲，击打军鼓，一会儿轻声击打，一会儿响彻云霄，直到所有人都相信，我是打击乐王者！

儿童房里肆意嬉闹，从不需乖乖听话，和邻居打成一片，在家里踩着滑板，看想看的电视，玩最酷的游戏！

第二天早上，马克斯醒了，心情格外好。多么奇异的梦啊！昨天梦里的画面依然在脑海中盘旋：爵士乐队、打击乐王者、锅碗瓢盆的嗒嗒作响……

突然，马克斯的肚子开始咕咕叫，他飞跑进厨房去吃早餐。

下午的音乐会上，他的表演得到了观众雷鸣般的掌声！音乐会的压轴曲目来自音乐学校的摇滚乐队。一群学生和老师一起击打架子鼓、弹奏键盘、电吉他和电贝斯——那么动感，那么激情万丈。观众们早已不由自主地随着节奏摇晃起来。

“耶！”马克斯尤其关注乐队中的鼓手，他现在有了新的梦想：总有一天，他也要加入这样的乐队进行演出……

20-23

参与制作：

槌类乐器，管弦乐器：弗利浦·菲利普（Flip Philipp）（曲目 3，第 6 页）
世界音乐：皮特·罗斯曼尼斯（Pete r Rosmanith）（曲目 7、11、13）
架子鼓、军鼓：塞巴斯蒂安·希姆萨（Sebastian Simsa）
构思及讲解：马尔科·希姆萨（Marko Simsa）

曲目 13：托皮亚斯·霍夫曼（Tobias Hoffmann）——萨克斯管；
马科斯米利安·齐达（Maximilian Tschida）——钢琴；
茱蒂斯·菲斯特（Judith Ferstl）——低音提琴；
塞巴斯蒂安·希姆萨（Sabastian Simsa）——架子鼓

曲目 17：选自加洛·马哈勒（Jairo Morales）与合唱团录制的 CD《回忆和色彩》

曲目 21：阿尔弗雷德·加西亚·纳瓦斯（Alfredo Garcia-Navas）——电吉他，电贝斯；
马科斯米利安·齐达（Maximilian Tschida）——键盘；
塞巴斯蒂安·希姆萨（Sebastian Simsa）——架子鼓

马尔科·希姆萨感谢所有参与此书的人，尤其是此书的编辑克里斯蒂娜·拉沃尔（Christiane Lawall），感谢她的精诚合作；也感谢我的儿子塞巴斯蒂安的专业意见。